お母さん
ぼくずっとがまんしてたのに

お母さんの顔見たら
ないちゃった。

文・斎藤佑規
絵・三上 登司

ふみ／斎藤 佑規（愛知 7歳）
「家族」への手紙（平成6年）入賞作品
え／三上 登司（青森県 69歳）
「愛し児カルメン」第9回（平成15年）応募作品

親の職業欄に「土《ど》方《かた》」って書けなかったんだ、高校生の頃。

父ちゃん……かんべんな。

文・佐藤晃
絵・峪村美帆

ふみ／佐藤 晃（栃木県55歳）
「家族」への手紙（平成6年）入賞作品
え／峪村 美帆（香川県16歳）
「O・YA・JI」第9回（平成15年）応募作品

ふみ／木村　幸子（愛知県 60歳）
「家族」への手紙（平成6年）入賞作品
え／佐賀　裕子（岩手県 54歳）
「べっぴんの湯」第11回（平成17年）応募作品

ガンで亡くなった夫へ……

辛い転移より
残す私を
案じてくれた
貴方ありがとう
風呂で……
泣きました。

文・木村幸子
絵・佐賀裕子

母よ・
あなたの得意科目は
「叱ること」。

苦手科目は
「ほめること」。

文・猪又亜紀
絵・渡辺信男

ふみ／猪又　亜紀（長野県17歳）
「家族」への手紙（平成6年）入賞作品
え／渡辺　信男（福島県62歳）
「今なお怖いお母さん」第11回（平成17年）応募作品

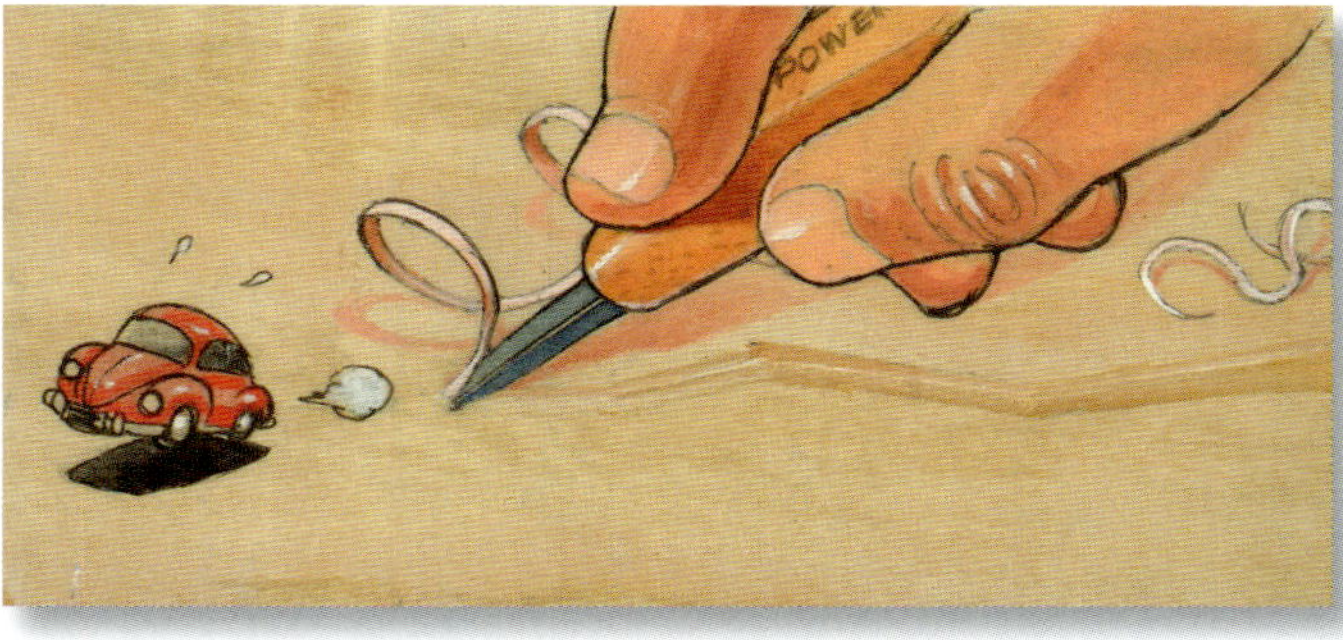

息子へ……

出来るなら
いじめぬかれた
あの一年を
あなたの
人生から
消して
あげたい。

文・林圭子
絵・笠たかを

ふみ／林　圭子（愛知県40歳）
「家族」への手紙（平成6年）入賞作品
え／笠　たかを（埼玉県52歳）
「にっこにげろーっ!!」第9回（平成15年）
入賞作品

もうやめようよ！
みんなで
同じ事ばかり
言って
ぼくがみるよ。
おふくろの事。

文・森　忠司
絵・楠本大伍

ふみ／**森　忠司**（石川県42歳）
「家族」への手紙（平成6年）入賞作品
え／**楠本　大伍**（北海道81歳）
「オレの相愛傘」第7回（平成13年）入賞作品

妻へ……

昔君が「あなたに付いてきます」と言った。

今では僕があなたに付いていってます。

文・八重田保
絵・尾崎要

ふみ／**八重田 保**（三重県39歳）
「家族」への手紙（平成6年）入賞作品
え／**尾崎 要**（京都府71歳）
「よいしょっと」第12回（平成18年）応募作品

私 今朝顔だね。
お母さんに巻きついてばっかり ごめん。

いつか強くなるから。

文・元井 文
絵・西谷俊二

ふみ／元井 文（愛知県 12歳）
「家族」への手紙（平成6年）入賞作品
え／西谷 俊二（京都府 71歳）
「雨上がりのひととき」第12回（平成18年）応募作品

日本一短い「家族」への手紙〈増補改訂版〉

本書は、平成六年度の第二回「一筆啓上賞―日本一短い『家族』への手紙」（財団法人丸岡町文化振興事業団主催、郵政省・日本ユニセフ協会・住友グループ広報委員会後援）の入賞作品を中心にまとめたものである。

同賞には、平成六年六月一日〜九月十五日の期間内に六万二三七六通の応募があった。平成七年一月二十四日・二十五日に最終選考が行われ、一筆啓上賞一〇篇、秀作一〇篇、特別賞二〇篇、佳作二〇〇篇が選ばれた。同賞の選考委員は、黒岩重吾（故）、俵万智、時実新子（故）、森浩一の諸氏であった。

本書に掲載した年齢・職業・都道府県名は応募時のものである。小活字で入れた宛先は編集上、追加・削除したものもある。なお本人の希望により、匿名にした作品がある。

※なお、この書を再版するにあたり、冒頭の８作品「日本一短い手紙とかまぼこ板の絵の物語」を加えるとともに再編集し、増補改訂版とした。コラボ作品は一部テーマとは異なる作品を使用している。

※財団法人丸岡町文化振興事業団は、平成二十五年四月一日より「公益財団法人丸岡文化財団」に移行しました。

目次

入賞作品

家族

一筆啓上賞・秀作・特別賞

一筆啓上賞
［郵政大臣賞］
狩野　博子
群馬県　24歳　OL

「地球《ちきゅう》の彫刻師《ちょうこくし》だ」と土方仕事《どかたしごと》。
母《はは》の彫刻刀《つるはし》、重《おも》かったろ。
もういいよ。地下足袋《じかたび》脱《ぬ》ぎなよ。

今はもう土方はやめ、畑仕事に精を出していますが、女だてらに真っ黒になりながら毎日土方をしていました。ぐちも言わず、「家族のためならちっとも苦じゃない」と働いていました。あの時の母の大変さを理解できていたなら、夕飯くらい作っておいてやれば良かった。おフロ、わかしておいてやれば良かった。どうしたら母にお礼ができるのか…。

息子へ

〔ボク負《ま》け犬《いぬ》じゃない…疲《つか》れた〕
天国《てんごく》で一休《ひとやす》みしたら戻《もど》るのよ
母《かあ》さん待《ま》ってるから

一筆啓上賞
〔郵政大臣賞〕
匿名
埼玉県 50歳 主婦

いじめで死んだ息子への鎮魂の意味で書きました。
始めの行は、息子の「最後の日記」に記されていました。

小さな家族へ

ゴロウとレイナとセナとムウラと
ザリこうとフナ一号《いちごう》二号《にごう》三号《さんごう》
みんなすきだぞ。

一筆啓上賞
［郵政大臣賞］
若谷 大輔
千葉県 11歳 小学校6年

もうやめようよ！
みんなで同《おな》じ事《こと》ばかり言《い》って
ぼくがみるよ、おふくろの事《こと》

一筆啓上賞
［郵政大臣賞］
森　忠司
石川県　42歳

娘へ

父《ちち》は風呂場《ふろば》の君《きみ》に、
「熱《あつ》くないかい」と聞《き》いただけじゃないか
なぜ水《みず》をかける

一筆啓上賞
［郵政大臣賞］
今村　榮治郎
静岡県　36歳　自営

おばあちゃん、夜《よる》ひこうきにのったら、
ちきゅうのそとにでたよ。

一筆啓上賞
［郵政大臣賞］
小川　肇
愛知県　7歳　小学校2年

おばあちゃんへ　はじめてハワイにいったとき、まわりはほしだけで
うちゅうとおもいました。お姉ちゃんにわらわれました。

誕生したわが子へ

やあ。出《で》てきたね。どうだいこの世界《せかい》は。
しばらくは一緒《いっしょ》に生《い》きてゆくんだよ。

一筆啓上賞
［郵政大臣賞］
関 久志
愛知県 33歳

妻へ

昔《むかし》君《きみ》が
「あなたに付《つ》いていきます」と言《い》った。
今《いま》では、僕《ぼく》があなたに付《つ》いていってます。

一筆啓上賞
［郵政大臣賞］
八重田 保
三重県 39歳 自営

夫へ

この間《あいだ》、口内炎《こうないえん》ができたのを見《み》てもらった時《とき》、顔《かお》が近《ちか》づいてドキッとしたわ、久々《ひさびさ》に。

産後4ヵ月子供にかかりっきりだったので…。

一筆啓上賞
〔郵政大臣賞〕
稲本　仁江
滋賀県　28歳　助産婦

お母《かあ》さん、
お父《とう》さんの口《くち》にミニトマトを入《い》れるのを
見《み》ちゃったよ。まだ新婚《しんこん》さん？

一筆啓上賞
［郵政大臣賞］
原園 淳嗣
鹿児島県 12歳 中学校

秀作
髙﨑　久美
千葉県　31歳　専業主婦

父《とう》ちゃんの事嫌《ことぎら》ってた私《わたし》が
一番《いちばん》父《とう》ちゃんの墓参《はかまい》りしてるなんて
笑《わら》っちゃうよね!!

父ちゃんに憎まれ口ばかり叩いていた私が、父ちゃんが死んでからは、何かある度に墓参りして報告していて、本当は父ちゃんの事好きだったんだなーと今さらながら思ってももうおそいんだなー。

おとうの骨壺《こつつぼ》、
言《い》いつけ通《どお》り、例《れい》の滝壺《たきつぼ》に沈《しず》めるよ。
でもさあ、冬《ふゆ》はさむいんじゃない。

秀作
藤林　一正
東京都　33歳　自由業

子へ

お前《まえ》が、山《やま》で逝《い》って、仕事《しごと》が増《ふ》えました。
母《かあ》さんへやさしい言葉《ことば》をかけることです。

秀作
大川 英一
神奈川県 45歳 公務員

家族全員へ

排気《はいき》ガスの様《よう》な父《ちち》。
洋服《ようふく》のお化《ば》けの様《よう》な母《はは》。
ゴミ箱《ばこ》の蓋《ふた》の様《よう》な弟《おとうと》。
僕《ぼく》は恥《は》ずかしい。

秀作
福田 越
福井県 12歳 小学校

息子へ

孝也《たかや》、母《はは》の情《なさ》け。
未来《みらい》のお嫁《よめ》さんには内緒《ないしょ》にしてあげる。
「オッパイ触《さわ》って眠《ねむ》る癖《くせ》」は。

息子はもうすぐ3才。まとわりつくこの愛しい子もあと何十年か先はテレて「やめてくれー、それを言うのは」になるのでしょうネ。

秀作
西村 かおり
京都府 32歳 主婦

何《なに》も語《かた》らず、何《なに》も釣《つ》れず、
ゆっくり流《なが》れる〝時《とき》〟が好《す》き。
また釣《つ》りに行《い》こうね、お父《とう》さん。

秀作
田中　由加利
兵庫県　22歳

父へ

極道《ごくどう》であるあなたの娘《むすめ》に生《う》まれたことを
恥《は》ずかしいと思《おも》ったことは一度《いちど》もない。

秀作
匿名
兵庫県　27歳　高校非常勤講師

おなかの子供へ

超音波《ちょうおんぱ》で見《み》た君《きみ》は、
おなかの中《なか》で敬礼《けいれい》をしてくれた。
心《こころ》のくす玉《だま》がパンと割《わ》れたよ。

秀作
中村 規早子
奈良県 34歳 主婦・画学生

妻へ

ケイコさん、少《すこ》しだけ、少《すこ》しだけ、
肩《かた》の力《ちから》を抜《ぬ》きませんか、オレ、息《いき》が詰《つま》る。

秀作
前山 太加雄
和歌山県 45歳 商業

合格発表《ごうかくはっぴょう》の時《とき》、「車《くるま》で本読《ほんよ》んでる。」
と言《い》ったお父《とう》さん。
あの時《とき》、本逆《ほんさか》さだったよ。

秀作
長谷川 祥子
広島県 19歳 広島大学

合格発表を見に行った時、父は一番緊張してて、「車で本読んでるから」って言って掲示板を一緒に見にいってくれなかった。それで見終わって帰ってみたら父は本を逆さにもってることも気づかず、本読んでるふりをしていた。父はとても優しくてかわいい人です。

母《かあ》さんの　コップがわりの手《て》の水《みず》を
もう一度《いちど》　もう一度《いちど》だけ飲《の》みたかったよ。

特別賞
［北陸郵政局長賞］
小林　美和
福島県　30歳　主婦

母さんへ　体の弱かった母、たまに入れるお風呂場でのどがかわいたと言う私に水を飲ませてくれた時の心に残る母の思い出です。9月1日入籍、10月9日本当にささやかに式をあげます。いそがしくて締切には間に合いませんでした。でも幸福ですと幸福になると母さんに出す思いで書きました。ありがとう。

お義父《とう》さん、
お義母《かあ》さんのこと愛《あい》してる?
言葉《ことば》の刀《かたな》で刺《さ》さないで。
お義父《とう》さん。

特別賞
[北陸郵政局長賞]
清野 弘子
福島県 30歳 学生

姉へ

きょうだいって何《なん》だろう……。
あんたの残《のこ》して行《い》った麦茶《むぎちゃ》を飲《の》んでみた。

特別賞
［北陸郵政局長賞］
阿部　久子
東京都　53歳

亡き父へ

「生《う》むだけで何《なん》もしてくれんと」
そう言《い》った私《わたし》を
ノコギリ持《も》って追《お》いかけた父《ちち》よ。

特別賞
［北陸郵政局長賞］
山越 榮治郎
東京都 47歳 高校教師

娘へ

三十《さんじゅう》の愚《おろ》かな母《はは》は　三歳《さんさい》の貴女《あなた》と別《わか》れて
一日《いちにち》も忘《わす》れはしない　柔《やわ》らかなぬくもりを

特別賞
［北陸郵政局長賞］
伊藤　清子
神奈川　58歳　専業主婦

27才で未婚の母となり知人夫妻に乞われて三才の娘を幸せを願って養女として送り出しました。

35才縁あって現在の夫と結婚、子は産みませんでした。

別離以後娘には先方の固い申し出あり、一度も逢えません。

嫁《よめ》ご　寿美子様《すみこさま》
亡妻《なきつま》にまさる毎日《まいにち》の味噌汁《みそしる》。
天使《てんし》のようなことば。感謝《かんしゃ》。合掌《がっしょう》。

特別賞
［北陸郵政局長賞］
志村　笹男
山梨県　82歳

妻へ

グレそうな息子《むすこ》を、おまえに押《お》しつけて、
非行《ひこう》に走《はし》っていたのは俺《おれ》だったかも…。

特別賞
［北陸郵政局長賞］
丸山 健三
長野県 54歳 会社員

中2の娘へ

「一生《いっしょう》のお願《ねが》い！」ばかり多《おお》すぎる。
お前《まえ》は人《ひと》の何倍生《なんばいい》きてくつもり？

特別賞
［北陸郵政局長賞］
古畑　文子
石川県　45歳　主婦

天国の母へ

「この儘《まま》、此処《ここ》に置《お》いて貰《もら》えたらいいんだけど」聞《き》こえない振《ふ》りした私《わたし》、母《かあ》さん御免《ごめん》ね。

特別賞
［北陸郵政局長賞］
前島 えみ子
静岡県 71歳

平成一年七月、三週間程長女の私の処に遊びに来た母が弟のところに帰って一ケ月後私に会いたいと言いながら九十二才で亡くなりました。

息子へ

出来《でき》るなら　いじめぬかれたあの一年《いちねん》を

あなたの人生《じんせい》から消《け》してあげたい。

特別賞
［北陸郵政局長賞］
林　圭子
愛知県　40歳　主婦

えんそくの、
お父《とう》さんのぶさいくなおにぎり
たまねぎみたいにめにしみました

小学校の遠足の日、実家の用事で家をあけた母のかわりに普段台所になど
立ったことのなかった父が私のお弁当を作ってくれてとてもとてもおいしかった、
うれしかった時の事を父に伝えたい。

特別賞
［北陸郵政局長賞］
高田 小百合
三重県 30歳 主婦

おい兄貴《あにき》、親《おや》はちんけな旅行《りょこう》より
仕送《しおく》りを喜《よろこ》ぶもんだ。
俺《おれ》？　俺《おれ》は次男《じなん》じゃ

特別賞
［北陸郵政局長賞］
菅原　正敦
大阪府　25歳

父《とう》さん。あなたの筋《すじ》の通《とお》らない説教《せっきょう》が
妙《みょう》に温《あたた》かかったんだ。

特別賞
［北陸郵政局長賞］
西山　光
兵庫県　15歳　中学校

六十年来逢わない母さんへ

待《ま》って！
もう少《すこ》し乳《ちち》を飲《の》ませて!!
私《わたし》を手放《てばな》す時《とき》、そう言《い》ったという母《はは》。
ありがとうね。

特別賞
［北陸郵政局長賞］
玉井 義明
兵庫県 59歳 公務員

私《わたし》は自分《じぶん》がとっても好《す》きなんだ。
そんな私《わたし》に育《そだ》ててくれて
ありがとう、お母《かあ》さん。

特別賞
［北陸郵政局長賞］
比嘉 千草
京都府 20歳

待《ま》っていた長男《ちょうなん》に嫁《よめ》さんが来《き》た、
カラフルな洗濯物《せんたくもの》が風《かぜ》に揺《ゆ》れる
いいもんだ。

特別賞
［北陸郵政局長賞］
吉岡 健二
岡山県 59歳 会社員

長女へ

亜希《あき》、ありがとう
貴女《あなた》が不登校《ふとうこう》になって母《かあ》さんは、
たくさんの宝物《たからもの》をもらいました。

特別賞
［北陸郵政局長賞］
坂手　貞及
岡山県　46歳　主婦

中二の時、長女は一年近く不登校になりました。最初はとまどっていた私ですが、少しずつ子供の気持ちに寄りそえる様になりすばらしい人達にもめぐり会いました。今まで見えなかったものも見えるようになりました。

二男へ

親《おや》ばなれする年《とし》ごろなのに
オムツ交換《こうかん》
それでいい　生《い》きていて

5年前、現在中3の二男は突然の病気の後遺症で植物状態に。
生きていてほしい。

特別賞
［北陸郵政局長賞］
折本　秀香
広島県　40歳　主婦

夫へ

あの世《よ》で再《ふたた》び出会《であ》うことがあれば、
今度《こんど》は互《たが》いに挨拶《あいさつ》だけで行《い》き過《す》ぎましょう。

特別賞
［北陸郵政局長賞］
平良 美保子
広島県 54歳 看護婦

ふしぎね、おとうさんと私《わたし》。
赤《あか》ちゃんをあやす時《とき》
同《おな》じしぐさをしている。

特別賞
［北陸郵政局長賞］
甲斐　孝子
宮崎県　39歳

佳作

家族

両親へ

雨《あめ》の音《おと》って、違《ちが》うんだね。
こっちのは、少《すこ》し悲《かな》しげなんだ。
梅雨明《つゆあ》けこそ、帰《かえ》るよ。

山下　善隆
北海道　31歳　会社員

部屋《へや》を見《み》た時《とき》、
東京《とうきょう》で一人《ひとり》頑張《がんば》っている
お父《とう》さんの寂《さび》しさが、
わかりました。

野村　かよ
北海道　25歳　会社員

反抗期《はんこうき》、学生運動《がくせいうんどう》、
11回《かい》の転職《てんしょく》、離婚《りこん》、脱《だつ》サラ、
苦労《くろう》をかけますお袋《ふくろ》さん。

仲田　勝久
北海道　50歳　飲食店自営

馬《うま》や株《かぶ》が父《とう》さんを助《たす》けてくれたかい。
本当《ほんとう》に力《ちから》になれるのは娘《むすめ》の私《わたし》だよ。

中村 秀子
北海道 41歳

母へ

ばあちゃんなんて呼《よ》ばせないと言《い》っといて、
ばあちゃんですよと　あやす姿《すがた》、幸《しあわ》せよ。

金子　直子
北海道　30歳　主婦

子供達へ

パパとママの老後《ろうご》は　みなくていいから
最後《さいご》の三日間《みっかかん》だけは　よろしくたのむね

進藤　ひろみ
北海道　30歳　主婦

息子へ

この頃《ごろ》、大阪弁《おおさかべん》上手《うま》くなりましたね。
でも、電話《でんわ》の時《とき》だけは、津軽弁《つがるべん》にしてね。

田辺　まさ子
青森県　59歳

帰《かえ》ってこいよ。
理解《りかい》の有《あ》る親《おや》を演《えん》じ続《つづ》けられそうにない、
母《かあ》さんが弱《よわ》ってきた。

杉本 信幸
青森県 57歳

双児の長男・次男へ

文《ぶん》・明《めい》、高校《こうこう》続《つづ》けるか辞《や》めるか

決《き》めるのは自分《じぶん》。

母《はは》ができる手助《てだす》けは限《かぎ》られています。

匿名

岩手県　49歳　地方公務員

愛《いと》しのダンナさま、
来世《らいせ》で絶対《ぜったい》に一緒《いっしょ》にならない分《ぶん》、
尽《つ》くします。

菊田　直子
宮城県　44歳

娘へ

おまえの「話《はなし》が有《あ》るの。」は、
はしっくらのヨーイドンと同《おな》じ。
ドキドキするよ。

平澤　千枝
宮城県　46歳　パート

「たまには　帰《かえ》って来《き》なさい。」
お母《かあ》さんの、その声《こえ》が小《ちい》さかったから、
明日《あした》、帰《かえ》ります。

澤田　由美
宮城県　23歳　主婦

日《にち》ようびはね、
あさねぼうしていいよ、おかあさん。
おなかがすいたらおきてきてね。

渡辺　祐樹
秋田県　7歳　小学校1年

天国《てんごく》のじいちゃんへ
あなたがいなくなった分《ぶん》だけ、
家《いえ》の電気明《でんきあか》るくしたよ。

高田　愛実
秋田県　9歳　小学校3年

子供へ

気《き》の利《き》いた台詞《せりふ》は言《い》えないけれど、
そちらのニュースに、
お父《とう》さんの箸《はし》が、止《と》まるよ。

城戸口　吉子
山形県　45歳　主婦

母へ、父へ

真夜中《まよなか》の電話《でんわ》のベルは、
もうあなたの娘《むすめ》ではありません。
どうか、ご安心《あんしん》ください。

関根　孝子
福島県　41歳　地方公務員

地球の反対側にいる母へ

真夜中《まよなか》のボタンを13回押《かいお》すと、
一万《まん》キロ彼方《かなた》の朝《あさ》の電話《ベル》が鳴《な》る。
お母《かあ》さん、早《はや》く出《で》て。

田河　みどり
福島県（ベルギー在住）33歳

おかあさんへ

「父《ちち》の日《ひ》」っておじいちゃんの日《ひ》みたい、
おとうさんにも「パパの日《ひ》」
みんなでやろうよ。

原田　省吾
福島県　8歳　小学校2年

息子へ

手紙《てがみ》なんだから、金送《かねおく》れだけでなくて
何《なん》か書《か》け、余白《よはく》がもったいないだろう。

鈴木 丈夫
福島県 69歳

お父さん、お母さんへ

お母《かあ》さんの手術《しゅじゅつ》の日《ひ》、
熊《くま》のようなお父《とう》さんが小《ちい》さく見《み》えた。
二人《ふたり》は最高《さいこう》の夫婦《ふうふ》だよ。

渡辺 仁望
福島県 20歳

「お母《かあ》さん」、「なぁに」の、
「なぁに」がなんだかうれしい。
心《こころ》が、ほかほかしてくる。

長谷川　由香
福島県　９歳　小学校４年

もし、お母《かあ》さんと、
お父《とう》さんの子供《こども》じゃなかったら、
ずっとかくしててね。

佐藤　有希子
福島県　10歳　小学校

家族へ

小《ちい》さな家《いえ》に　家族《かぞく》が三人《さんにん》
小《ちい》さな畑《はたけ》と　小《ちい》さな花壇《かだん》
そんな小《ちい》さな幸《しあわ》せが……

古谷　浩之
茨城県　19歳

母《かあ》ちゃんは、会《あ》えば　嫁《よめ》の悪口《わるくち》ばかり
俺《おれ》、もう聞《き》くの、やだからな。

嶋崎　道郎
茨城県　45歳　運送業

まま　ぱぱとけんかしないでね
ほんとは、だれとけっこんしたかったの

小坂　あずみ
茨城県　5歳

成人式《せいじんしき》おめでとう
もう私《わたし》の子供《こども》ではありません
血《ち》を分《わ》けた他人《たにん》と思《おも》います　母《はは》

三谷　安代
茨城県　63歳

親《おや》の職業欄《しょくぎょうらん》に
「土方《どかた》」って書《か》けなかったんだ、
高校生《こうこうせい》の頃《ころ》。
父《とう》ちゃん、かんべんな。

佐藤 晃
栃木県 55歳 地方公務員

大《おお》きく育《そだ》てたへちまの横《よこ》で、
猫《ねこ》に話《はな》しかけるお父《とう》ちゃん。
うーんと長生《ながい》きしてね。

高田 喜代子
栃木県 36歳 主婦

お母《かあ》さん、少年野球《しょうねんやきゅう》の応援《おうえん》、
僕《ぼく》がエラーするたびに、
後《うし》ろにさがって、行《い》きましたね。

鈴木 賢英
群馬県 45歳 自由業

もう別《わか》れてやると思《おも》う事《こと》がある
でも貴方《あなた》から言《い》われたら
寝込《ねこ》んでしまうかも

岩田　清美
群馬県　35歳　主婦

お父《とう》さん、結婚《けっこん》を決《き》めてから
彼《かれ》の事《こと》色々《いろいろ》言《い》うのやめて下《くだ》さい
不安《ふあん》になります。

玉村 枝実
埼玉県 27歳 会社員

一度《いちど》も親《おや》らしいことを言《い》わなかったオヤジ。
だから多《おお》くのことが見《み》えてきた。感謝《かんしゃ》。

川嶋　孝夫
埼玉県　42歳　公務員

主人《しゅじん》が会社《かいしゃ》に行《い》く前《まえ》の
「変身《へんしん》。とう!!」の一言《ひとこと》は
私《わたし》を明《あか》るくしてくれる。

西川 朋未
埼玉県 27歳 主婦

前略《ぜんりゃく》　あなた
雨《あめ》に洗《あら》われた新緑《しんりょく》が光《ひか》っています。
私達《わたしたち》　もう一度《いちど》話《はな》し合《あ》いましょ!!

大滝　八千代
埼玉県　48歳　会社役員

夫へ

私《わたし》は十九《じゅうく》で貴方《あなた》の、もとへ。
娘《むすめ》はもう二十三才《にじゅうさんさい》ですョ。
許《ゆる》して上《あ》げて。

鈴木 三千代
千葉県 44歳

デコボコお父《とう》さんとお母《かあ》さん。娘《むすめ》は疲《つか》れる。
でも家《いえ》は楽《たの》しい。だから私《わたし》は売《う》れ残《のこ》った!!

安藤 典子
千葉県 32歳 保母

母へ

また、彼女《かのじょ》つれて帰《かえ》ります。
でも、丼《どんぶり》で飯《めし》を出《だ》すのだけは
勘弁《かんべん》して下《くだ》さい。

板倉　安成
千葉県　24歳　公務員

お母《かあ》さんが倒《たお》れた日《ひ》、
泡食《あわく》って駆《か》けつけたのに。
第一声《だいいっせい》が「腹減《はらへ》った」。笑《わら》い涙《なみだ》が出《で》たよ。

川又 久美子
千葉県 27歳 主婦

お母《かあ》さん、「この結婚《けっこん》はまちがってた。」
なんて言《い》わないで。
私《わたし》「まちがい」の子供《こども》なの？

堤 啓子
東京都 34歳 音楽講師

あなたが言《い》う「ママ大好《だいす》き。」が、
いつかはきっと「クソババア。」
考《かんが》えただけで悲《かな》しいの。

森屋 佳奈子
東京都 29歳 主婦

急須《きゅうす》にご飯《はん》を詰《つ》めたお婆《ばあ》ちゃんを叱《しか》ったら
〝いつもすまないね〟と言《い》った。ごめん。

下村 秀昭
東京都 36歳 会社員

ごめんね、と言《い》いたい気持《きもち》をおさえて、
ツンとしてるのって、結構《けっこう》つらいんだよ。
ママ。

中川 真知子
東京都 12歳 中学校

ごめんなさい。隠《かく》し事《ごと》　いっぱいあります。
話《はな》したい事《こと》　いっぱいあります。

鈴木　可奈子
東京都　22歳　学生

君《きみ》を電車《でんしゃ》に忘《わす》れたあの日《ひ》を、
想《おも》い出《だ》す度《たび》に汗《あせ》が出《で》ます。
今更《いまさら》だけど、ごめんね。

千葉　裕子
東京都　58歳　会社員

父《とう》さん〝われもこう〟が咲《さ》きました。
まねして俳句《はいく》を作《つく》ってみます。
笑《わら》わないでね。

吉田 章子
東京都 50歳

夫へ

鼾《いびき》が止《と》まると、息《いき》を確《たし》めてた。
別《べっ》の部屋《へや》に寝《ね》るのはいいけど、
鍵《かぎ》は締《し》めないで。

三浦 美智代
東京都 50歳

かず君《くん》　ごめんね。お兄《にい》ちゃんは　つらいね。
ひざの上《うえ》においで　お話《はな》ししよう。

佐久間　朗衣
東京都　30歳　主婦

妹へ

「私《わたし》、いやな子供《こども》だった。
ずっといい子《こ》のふりしてた。」
こたえたよ……元不良《もとふりょう》の兄《あに》より。

須藤 幸夫
東京都 32歳 運転手

すなおになれたのは、
あなたが死《し》んでからでした。
もう一度会《いちどあ》いたい。父《とう》さん。

二瓶　孝浩
東京都　34歳　会社員

「老後《ろうご》はみるよ」そう約束《やくそく》した。
「昨夜《ゆうべ》はぐっすり眠《ねむ》れたわ」と
母《はは》の笑顔《えがお》にドキリとした。

下瀬川 裕子
東京都 22歳 OL

弟へ

お前《まえ》のハムを食《た》べたのはミケじゃない。
二十年分《にじゅうねんぶん》の利子《りし》をつけた特上品《とくじょうひん》を送《おく》る。

芦分 達夫
東京都 46歳 コピーライター

子供へ

ウンコをチョビったパンツ、
頬《ほお》ずりしたいくらい。
だってママ、本当《ほんとう》は癌《がん》だモン。

匿名
東京都 39歳 主婦

地味《じみ》だと思《おも》った父《とう》さんの残《のこ》したネクタイを、
もう締《し》められる歳《とし》になりました。

木村 隆
東京都 56歳 会社員

父へ　母へ

孫《まご》は可愛《かわい》い

でも、我《わ》が子《こ》は　幾《いく》つになっても一番《いちばん》

その言葉《ことば》、私《わたし》は嬉《うれ》しかった。

小林　朝子
東京都　31歳　主婦

お母さんへ

8年《ねん》ぶり「蚊取《かと》り線香《せんこう》」を買《か》い、
箱《はこ》を開《あ》けると
田舎《いなか》の家《いえ》の懐《なつか》しいにおいがしました。

佐藤　育子
東京都　25歳

母へ

電話《でんわ》の向《む》こうから
ひぐらしの声《こえ》が聞《き》こえました。
今年《ことし》こそ　帰《かえ》ろうと思《おも》います。

廻谷 勉
東京都 31歳 会社員

37歳《さい》、親父《おやじ》付《つ》きでもらいてがあるなんて、
人生捨《じんせいす》てたもんじゃないネ！　姉《ねえ》さん。

坂巻　美峰子
神奈川県　35歳　会社員

天国のおとうさんへ

好《す》きな人《ひと》がいて苦《くる》しいの。
男《おとこ》の人《ひと》って何考《なにかんが》えているのかわからないよ、
お父《とう》さん。

長原　渓子
神奈川県　33歳　翻訳家

ささいな事《こと》で口《くち》ゲンカする両親《りょうしん》、
関係《かんけい》ない私《わたし》に
両方《りょうほう》で同意《どうい》を求《もと》めるのはなぜ？

古見　那津子
神奈川県　15歳　高校1年

五体満足《ごたいまんぞく》なら
何《なに》もいらないと誓《ちか》った十五年前《じゅうごねんまえ》。
今《いま》、頭《あたま》の出来《でき》に文句《もんく》いってごめんね。

熊手　恵美子
神奈川県　42歳

いつどこで子守唄《こもりうた》を聴《き》いても　涙《なみだ》が出《で》るのは
間違《まちが》いなくかあちゃんの子《こ》です。　僕《ぼく》は。

勝亦　信幸
神奈川県　55歳　会社員

異母姉へ

お姉《ねえ》さん、
父《ちち》の血《ち》が流《なが》れている人《ひと》がいたのを知《し》って
うれしかったのです。私《わたし》は。

望月　ひとみ
神奈川県　25歳　主婦

娘へ

「死《し》んでくれ」と、

何度《なんど》お腹《なか》をたたいたことか。

……来年《らいねん》は、一年生《いちねんせい》になるんだね。

北井　恵子

山梨県　37歳

おばあちゃん、化粧《けしょう》しているの初《はじ》めて見《み》た。
きれいだよ。でも、これっきりだね。

長澤 有紀
山梨県 24歳

母《はは》よ、あなたの得意科目《とくいかもく》は「叱《しか》ること」。
苦手科目《にがてかもく》は「ほめること」。

猪又 亜紀
長野県 17歳 高校

男《おとこ》に生《うま》れてくれればよかった。
そしたら思《おも》いきり私《わたし》を殴《なぐ》れたのにね、
お父《とう》さん。

合木　こずえ
長野県　35歳

孫《まご》、抱《だ》きたかった母《かあ》ちゃん　俺《おれ》離婚《りこん》した。
俺《おれ》ホモでどうしても、女《おんな》抱《だ》けんかった。
ゴメン。

匿名
長野県　37歳　会社員

コンビニで弁当《べんとう》買《か》って、賞味期限《しょうみきげん》見《み》た。
おっ！　今日《きょう》は、おふくろの誕生日《たんじょうび》だ。
おめでとう。

神津　秀知
長野県　19歳

長男へ

君《きみ》が知《し》っているのは、三十歳《さんじゅっさい》からのボクだ。
ボクは0歳《さい》から君《きみ》を知《し》っているのだよ。

高橋 佐公
新潟県 65歳

娘へ

みどころのある男《おとこ》だと思《おも》う。
昨夜《ゆうべ》は突然《とつぜん》で驚《おどろ》いただけだ。
また連《つ》れておいで。

小林 悟
新潟県 43歳 会社員

弟へ

「保険金《ほけんきん》の為《ため》さ」と、ふざけながら、
何時《いつ》でも車椅子《くるまいす》を押《お》す君《きみ》。
私《わたし》には過《す》ぎた弟《おとうと》です。

松田　ふさ子
新潟県　42歳　身体障害者療護施設

初雪《はつゆき》ひらひら、
今年《ことし》もあなたが舞《ま》いおりました。
両手《りょうて》の間《あいだ》で溶《と》けてゆくお父《とう》さん。

中筋 雅子
富山県 64歳

父《とう》さん、
そんな嬉《うれ》しそうな顔《かお》はやめてください。
金《かね》くい虫《むし》は、心《こころ》が痛《いた》みます。

上出　早苗
富山県　21歳　大学

専業主婦《せんぎょうしゅふ》は楽《らく》じゃないと口説《くど》くけど、
定年控《ていねんひか》えた窓際族《まどぎわぞく》も決《けっ》して楽《らく》じゃないよ

米澤 保
富山県 59歳 会社員

ぶ厚《あつ》い唇《くちびる》に紅《べに》をつけて上京《じょうきょう》してきた母《はは》は、
思《おも》いより、しおれたように見《み》えました。

村田　佳津男
石川県　24歳

大切な夫へ

三十数年間《さんじゅうすうねんかん》、殆《ほとん》どを単身赴任《たんしんふにん》だった貴方《あなた》。
停年《ていねん》の日《ひ》を心《こころ》から楽《たの》しみにしています。

土田　喜恵子
石川県　57歳　主婦

突然《とつぜん》同《おな》じ事言《ことい》ったり
同《おな》じ歌《うた》うたったりするね。
脳《のう》みそ　どこかでつながってる?

井家　朱美
石川県　32歳

弟へ

たかひろ　毎日《まいにち》なんで、
あそびに行《い》ったらなくんだ。
少《すこ》しは一人《ひとり》であそべばいいのに。

川西　浩太朗
福井県　8歳　小学校

娘と息子へ

ありがとう　あなたたちを生《う》んでから
心《こころ》もからだも強《つよ》くなりました。

前川　民子
福井県　37歳

お母《かあ》さん、僕達《ぼくたち》の事《こと》、
何《なに》もかもわかっているつもりでは
ありませんか。

河村　貴紀
福井県　12歳　中学校

お兄《にい》ちゃん、私《わたし》より美人《びじん》で
頭《あたま》のいい人《ひと》と結婚《けっこん》しないでね。
私《わたし》が一番《いちばん》なんだよ。

松村　朋子
福井県　24歳　会社員

嫌《きら》いです。逃《に》げる父《とう》さんが嫌《きら》いです。
でも、血《ち》のつながった、
たった一人《ひとり》の父《ちち》なのです。

石村　朋子
福井県　20歳

母へ

里芋《さといも》の煮《に》っころがし、大好評《だいこうひょう》。
彼《かれ》に嘘《うそ》ついちゃったから
早急《そうきゅう》に作《つく》り方《かた》、教《おし》えてね。

坪田 宇都紀
福井県 35歳 OL

息子へ

何回言《なんかいい》われただろう。

「あんないい子《こ》がどうして」

でも母《かあ》さん信《しん》じているからね。

野阪　麗子
福井県　43歳

「母《かあ》ちゃんがついとるで」この言葉《ことば》が私《わたし》に
元気《げんき》も勇気《ゆうき》も　そして不安《ふあん》もくれるのです。

小島　ゆかり
岐阜県　29歳　医療事務

わが子へ

できるなら、お前《まえ》たちより長生《ながい》きし、
天国《てんごく》への一生《いっしょう》を見届《みとど》けてやりたいよ、
母《かあ》さんは。

田中　和江
岐阜県　58歳　店員

おやじへ

パチンコ、そんなにおもしろいか。
おもしろかねいだろ、負《ま》けてばかりじゃ。

野々村　直人
岐阜県　13歳　中学校

ふと玄関《げんかん》を見《み》ると、
お母《かあ》さんの靴《くつ》が一番《いちばん》小《ちい》さくなっちゃったね。

澤田 守道
岐阜県 13歳 中学校

お母《かあ》さん一《いっ》ぺんにいろいろな事言《ことい》わないでよ。
体《からだ》は、一《ひと》つなんだからね。

佐藤　翔平
静岡県　9歳

父と母へ

僕《ぼく》の足《あし》が不自由《ふじゆう》なのは誰《だれ》のせいでもなく
神様《かみさま》のいたずらです。

小池 哲也
静岡県 26歳

父《とう》さん、ぼく知《し》ってるよ。
みんながねてから、
こっそりファミコンやってるでしょう。

齋藤　宙治
静岡県　8歳　小学校3年

俺《おれ》の四十年《よんじゅうねん》を承知《しょうち》の上《うえ》で、
教師《きょうし》の道《みち》、選《えら》んでくれてありがとう。
息子《むすこ》よ、俺《おれ》を越《こ》えよ。

藤田 好秋
静岡県 63歳

今《いま》の母《かあ》さんが一番素敵《いちばんすてき》。だって笑《わら》うと、
おなかのお肉《にく》も一緒《いっしょ》に笑《わら》うんだもの。

外山　夏美
静岡県　27歳

お母さんへ

私《わたし》の火傷《やけど》の跡《あと》を、もう悔《く》やまないで。
看護婦《かんごふ》になれたのは、
傷《きず》とあなたのおかげです。

加藤 由香
愛知県 24歳

お母《かあ》さん、あなたの病気《びょうき》を知《し》った瞬間《しゅんかん》、
涙《なみだ》が一筋《ひとすじ》、看護婦《かんごふ》から娘《むすめ》に変《か》わりました。

大川 敦子
愛知県 24歳

天国のお父さんへ

お父《とう》さん、ぼくが、夜《よる》トイレに行《い》く時《とき》、
おばけになって、でてこないでね。

織部 清孝
愛知県 8歳 小学校

家で飼っている犬へ

キミは庭《にわ》に住《す》んでいるのに、
何《なん》で我《わ》が家《や》の力関係《ちからかんけい》が分《わ》かるんだね？

林 一美
愛知県 21歳

家族みんなへ

口《くち》にするのははずかしい。
文字《もじ》にするにはむずかしい。
おかしいね。

大竹 出
愛知県 34歳 公務員

癌で亡くなった夫へ

辛《つら》い転移《てんい》より　残《のこ》す私《わたし》を案《あん》じてくれた
貴方《あなた》ありがとう　風呂《ふろ》で泣《な》きました。

木村　幸子
愛知県　60歳

お父さんへ

「千鶴《ちづる》」っていう名前《なまえ》　ありがとう
北海道《ほっかいどう》でみた鶴《つる》は　すてきでした。

戸谷　千鶴
愛知県　28歳

「母《かあ》さんが離婚《りこん》したらどうする。」
って笑《わら》ってた時《とき》、
本当《ほんとう》は、悲《かな》しかったんだよ。

中川　花英
愛知県　13歳　中学校2年

あの世の父へ

父《とう》さん　とても立派《りっぱ》な最期《さいご》でした。
〝ありがとう〟を
何度《なんど》も口《くち》にして逝《い》きましたネ。

杉浦　恵意
愛知県　42歳　地方公務員

夫へ

潤《じゅん》さん、一生《いっしょう》のお願《ねが》い。
脱《ぬ》いだ靴下《くつした》を座布団《ざぶとん》の下《した》に入れる、
変《へん》な癖《くせ》 治《なお》して。私《わたし》、嫌《いや》なの。

猪又 恵美
愛知県 27歳

父《とう》さん、昔私《むかしわたし》に言《い》ったよね、
物《もの》を粗末《そまつ》にするなって
なのにどうして家族《かぞく》をすてたの

貴島　和代
愛知県　28歳　主婦

長男へ

名刺《めいし》ありがとう。
今《いま》までと違《ちが》うお前《まえ》を見《み》たようで
頼《たの》もしく思《おも》った。
頑張《がんば》れ。

浅見　銑治
愛知県　54歳　郵便局

ガンバレじいちゃん。
日曜日《にちようび》も、はたらいていると、
なにかいいことあるよ。きっとね!!

小戸森 元美
愛知県 9歳 小学校

今日《きょう》、
箸《はし》の使《つか》い方《かた》が上手《じょうず》だと誉《ほ》められました。
おばあちゃんのおかげです。
感謝《かんしゃ》。

慶徳 裕子
愛知県 31歳 会社員

お前《まえ》がくれたワープロ
片手《かたて》だが打《う》てる様《よう》になった。
もう少《すこ》し良《よ》いお下《さ》がりないか。

北河 進
愛知県 64歳

夫へ

ねえあなた、娘《むすめ》を見守《みまも》るその横顔《よこがお》に
嫉妬《しっと》している私《わたし》がいること、
気付《きづ》いていますか？

高橋 直美
愛知県 30歳 主婦

天国の息子へ

塾《じゅく》、予備校案内等《よびこうあんないなど》　君《きみ》あてに今《いま》でも来《き》ます
天国《てんごく》まで届《とど》けようがないのにね。

畑中　好美
愛知県　43歳　臨床検査技師

妻へ

おい、今日《きょう》の焼飯《チャーハン》うまく出来《でき》たぞ
でも何《なに》か物足《ものた》りないな　味見《あじみ》に来《き》てくれよ

丸岡　敏邦
愛知県　52歳　新聞社

夫へ

あなた怒《おこ》ると、いろんな物投《ものな》げるでしょ。
あれって今時珍《いまどきめずら》しくて、
結構好《けっこうす》きなんだ、私《わたし》。

林本　ひろみ
愛知県　39歳　主婦

おなかの赤ちゃんへ

君《きみ》がおなかにいるだけで
心《こころ》がこんなに温《あたた》かい。
これから十ケ月《じゅっかげつ》　どうぞよろしく。

中西　路子
愛知県　29歳　主婦

夫へ

一生懸命《いっしょうけんめい》、生《い》きて来《き》て、ボケたあなた、
人々《ひとびと》にバカにされるけど、
最後迄《さいごまで》、私《わたし》が守《まも》ります。

渡辺 明子
愛知県 60歳 主婦

私《わたし》　今《いま》　朝顔《あさがお》だね。
お母《かあ》さんに巻《ま》きついてばっかり
ごめんね。いつか強《つよ》くなるから。

元井　文
愛知県　12歳　中学校

夫へ

父《ちち》の死後《しご》、あなたの呼《よ》び方《かた》を
「お父《とう》さん」に変《か》えました。
気《き》がついていますか？

渡辺　つた子
愛知県　46歳　主婦

お母《かあ》さん、ぼくずっとがまんしてたのに、
お母《かあ》さんの顔《かお》見《み》たらないちゃった。

斎藤　佑規
愛知県　7歳　小学校

父へ

少《すこ》しは　家族《かぞく》のことを考《かんが》えたらどうだ
もう50歳《さい》なんだからさ

奥田　茂晴
三重県　22歳　フリーター

夫へ

目《め》がさめたら驚《おどろ》きますよ。
息子達《むすこたち》の背《せ》が伸《の》びたのを……。
一年間《いちねんかん》も眠《ねむ》ったままだもの。

小山　洋子
三重県　44歳　主婦

あ、な、た、
書《か》けばどうってことのない言葉《ことば》なのに私《わたし》、
言《い》ってない二十三年間《にじゅうさんねんかん》、一度《いちど》も。

青砥　孝子
三重県　43歳　主婦

お兄《にい》ちゃんが寮《りょう》に入《はい》った夜《よる》、
お母《かあ》さん2階《かい》で泣《な》いてたよ。
私《わたし》は我慢《がまん》したけどね。

渕田　あかね
滋賀県　13歳　中学校

夫へ

そばに寝《ね》ているあなたを見《み》て不思議《ふしぎ》になる。
あなたはだあれ。

伊庭　俊子
滋賀県　44歳　公務員

単身下宿している息子へ

「お兄《にい》ちゃん　何食《なにた》べてんのかなあ」
ご馳走《ちそう》の時《とき》　いつもみんなが言《い》ってます

高橋　早智子
京都府　47歳　主婦

夫へ

貴方《あなた》、
老後《ろうご》は話《はな》し合《あ》いのお稽古《けいこ》をしませんか。
沈黙《ちんもく》はお墓《はか》にはいってからでいいわ。

福井 記久子
京都府 61歳 主婦

お父ちゃんとお母ちゃんへ

お母《かあ》ちゃん石原裕次郎《いしはらゆうじろう》のファンなんやろ。
全然《ぜんぜん》お父《とう》ちゃん似《に》てへんやん。

小槻 晴美
京都府 25歳 会社員

母へ

「危《あぶな》いから、そっちにおりっ！」

と言《い》って腰曲《こしま》げて渡《わた》ってこないでね

今井　よし子
京都府　44歳　会社員

妻へ

五月一日《ごがつついたち》見合《みあ》いして、十五日《じゅうごにち》に結納《ゆいのう》、
三十日《さんじゅうにち》が式《しき》だった。
ラブレター書《か》く暇《ひま》なかったね。

嶋崎　昭一郎
京都府　65歳　会社員

父から娘への手紙

寝相《ねぞう》が悪《わる》い娘《むすめ》だから直《なお》してやったのに、「チカン」呼《よ》ばわりするとは何事《なにごと》だ。

西川 靖子
京都府 56歳 主婦

うちってさ
大黒柱《だいこくばしら》のお父《とう》さんだけじゃ倒《たお》れるね
四方《しほう》の柱《はしら》も必要《ひつよう》だと思《おも》うよ

織田 悠里
京都府 13歳 中学校

父《とう》さん　ゴメン。
結婚式《けっこんしき》には、母《かあ》さんもよぶよ。
私《わたし》には　たった一人《ひとり》の母《かあ》さんだもの。

金川　花子
京都府　49歳

夫へ

電動車《でんどうくるま》いすは嫌《いや》。
あなたに押《お》して貰《もら》いたいの。
だからずっと元気《げんき》でいて下《くだ》さいね。

白井　淑子
京都府　70歳

夫へ

ガンなら告知《こくち》して下《くだ》さい。
感謝《かんしゃ》を伝《つた》えずに死《し》ぬ方《ほう》がつらい。

白星 百代
大阪府 28歳 主婦

おかあさんへ

何百回《なんびゃっかい》と笑《わら》わせてきたけど、
たった一回《いっかい》泣《な》かせてしまったから
帳消《ちょうけ》しですね。

杉本　多英子
大阪府　37歳　主婦

お父《とう》さん、手話《しゅわ》を覚《おぼ》えよ。
そしたら、ぼくと　もっと話《はなし》ができるよ。

園田　俊介
大阪府　10歳　ろう学校5年

どんなに悪口《わるくち》聞《き》かされても、
ちっとも嫌《きら》いにならなかった。
パパ、会《あ》いたい。

梶原 薫
大阪府 24歳 主婦

お父《とう》さんが憎《にく》いのなら憎《にく》み切《き》って下《くだ》さい。
憎《にく》しみを喰《く》って生《い》き抜《ぬ》いて下《くだ》さい。

山浦 孝臣
大阪府 52歳 会社員

母《かあ》さんが背負《せお》ってきたネオンの夜《よる》は、
わたしを背負《せお》うためだったのですね。

濱本　寛子
大阪府　24歳　コピーライター

事故で亡くなった父へ

初七日《しょなのか》終《お》えて　マンションに戻《もど》ると
お父《とう》さんから荷物《にもつ》が届《とど》いていたよ。
ありがとう。

井隼　成美
大阪府　27歳

母へ

あんたらの　あんたらのために
離婚《りこん》はせえへんって
私《わたし》は子供《こども》に絶対《ぜったい》言《い》わへん！

石原　美香
大阪府　26歳　会社員

父《とう》さんが
彼《かれ》の名字《みょうじ》と私《わたし》の名《な》　つなげて読《よ》んで
いい名《な》だと言《い》った。　ありがとう。

足達　真理子
大阪府　26歳

父へ

東京《とうきょう》に出《で》る朝《あさ》
見送《みおく》ってくれた駅《えき》までの沈黙《ちんもく》が
どんな説教《せっきょう》より心《こころ》に響《ひび》いたよ。

池田　令子
大阪府　33歳　看護婦

告白《こくはく》します、妹《いもうと》よ。
あなたが2歳《さい》で　私《わたし》が4つ、
ファースト・キスはあなたが相手《あいて》！

彦坂　康子
大阪府　31歳　主婦

おとうさんおかあさんがしんでも
わたしは　げんきでがんばります！

岡明　恵
大阪府　5歳

亡わが娘へ

「まんま」に「ばいばい」
それだけで逝《い》ってしまうなら、
アイスクリーム全部《ぜんぶ》あげたのに。

井上　節子
大阪府　35歳　主婦

同《おな》じ部屋《へや》の奴《やつ》が「母《はは》の日《ひ》や」言《い》うて
プレゼント送《おく》った。
俺《おれ》も真似《まね》した。品物《しなもの》は違《ちが》うで。

田上 有意
大阪府 16歳

夫へ

十匹《じゅっぴき》も焼《や》いてた夕餉《ゆうげ》の秋刀魚《さんま》
二匹《にひき》になりましたねお父《とう》さん。
一匹《いっぴき》にしないでね。

岡田 良子
大阪府 62歳 主婦

十五年前、母へ宛てた手紙です

ぼくの頭《あたま》の中《なか》は　算数《さんすう》がつまっている
からっぽとちがうよ　おかあさん

高木　大輔
大阪府　21歳

母《かあ》さん、妹《いもうと》が逝《い》って十年《じゅうねん》。
あの子《こ》の好《す》きだった「五番街《ごばんがい》のマリーへ」
今《いま》は聞《き》けますか？

福本　恵子
兵庫県　55歳

たんぽぽの綿毛《わたげ》のように
各地《かくち》へ散《ち》った娘《むすめ》たち。
しっかり根《ね》を張《は》り花《はな》を咲《さ》かせて。

宮本 允子
兵庫県 58歳

母へ

「ガンなわけないやん」ごめん、嘘《うそ》ついて、
でも私《わたし》、女優《じょゆう》みたいやったでしょ……。

前西 佐知子
兵庫県 26歳

長女へ

アッ食《しょく》パンまた4枚焼《まいや》いてしもた。
郵便《ゆうびん》で送《おく》れないのに…。
ちゃんと食《た》べてますか。

木下　千里
兵庫県　41歳　主婦

今年《ことし》　銀婚式《ぎんこんしき》。やっと解《わか》り合《あ》えたのかなぁ。
これからの25年《ねん》で、私達《わたしたち》の色出《いろだ》ししたいね。

細川　恵子
兵庫県　46歳　主婦

この間《あいだ》、母《かあ》さんに似《に》た人《ひと》に会《あ》いました。
目《め》と目《め》が合《あ》って変《へん》な気持《きも》ちです。

加古　明子
兵庫県　47歳　主婦

母へ

わかって下《くだ》さい。
あなたの望《のぞ》みと私《わたし》の夢《ゆめ》は、
同《おな》じとは限《かぎ》らないのです。

笹 繁子
兵庫県 34歳

主人と息子へ

悩《なや》んだけど　双子《ふたご》うんで　よかったね。
家族皆《かぞくみ》んなで　大切《たいせつ》に育《そだ》てようね。

濱　勝江
兵庫県　31歳　主婦

七十八歳の田舎の母へ

しいの実入《みい》れた袋《ふくろ》の縫《ぬ》い目《め》の粗《あら》さで
老《お》いを知《し》りました。今年《ことし》も送《おく》ってネ。

土居 壽美
兵庫県 50歳 主婦

お父《とう》さん。親子《おやこ》で遊《あそ》ばなくてごめんなさい。
キャッチボールしなくてごめんなさい。

山口　琢也
兵庫県　15歳　中学校

2ケ月の子へ

秋桜《コスモス》が咲《さ》いてたよ。
青《あお》い空《そら》も風《かぜ》も知《し》らないあなた。
産《う》めなくって本当《ほんとう》にごめんね。

匿名
兵庫県　21歳　大学3年

あゆみが　おおきくなっても
おかあさんは　おおきくならないでね

安東　歩
兵庫県　4歳

私達《わたしたち》の車《くるま》が見《み》えなくなるまで手《て》を振《ふ》る義母《はは》。
本当《ほんとう》に「一人暮《ひとりぐら》しは気楽《きらく》。」ですか。

真鍋 幸世
兵庫県 32歳 主婦

親父《おやじ》が御袋《おふくろ》と結婚《けっこん》した歳《とし》になりました
ちょっと変《へん》な気分《きぶん》です。

鈴木　繁治
兵庫県　23歳　会計事務所

息子へ

物《もの》は要《い》らない。電話《でんわ》も要《い》らぬ。

ときどき母《かあ》さんに葉書《はがき》を書《か》けばよい。

親父《おやじ》より

戸田 唯巳

兵庫県 75歳

嫁《よめ》に行《い》け、よりも、
しっかり仕事《しごと》せなあかん。
お父《とう》ちゃんのその言葉《ことば》、うれしかった。

若林 摩代
兵庫県 26歳 会社員

一筆啓上《いっぴつけいじょう》　家族《かぞく》とは何《なに》か、
考《かんが》えたことはあるか、ないだろう。
それが一番幸《いちばんしあわ》せなんだ。

三宅　啓正
兵庫県　58歳　自由業

夫へ

栄養《えいよう》を下《くだ》さい。お金《かね》や物《もの》ではなく栄養《えいよう》を。

このままでは、私《わたし》は枯《か》れてしまいます。

中野　朋子
兵庫県　30歳

難病《なんびょう》の貴方《あなた》から
病気《びょうき》ばかりしてごめんねと言《い》われ
母《はは》は涙《なみだ》が止《と》まりませんでした

桝田　美代子
兵庫県　46歳　パート

四十年前《よんじゅうねんまえ》「君《きみ》は僕《ぼく》のすべてだ」と口説《くど》いた。
今《いま》は「僕《ぼく》は君《きみ》のすべてだ」と言《い》ってあげる。

堀 澄郎
兵庫県 66歳

真夏《まなつ》に生《う》まれた私《わたし》を
見《み》せて歩《ある》いたお父《とう》さん
おかげで今《いま》もまっくろよ。

畑中 由美
奈良県 34歳 主婦

あなた、放飼《はなしが》いにしてくれて有難《ありがと》う。
でも長《なが》い長《なが》いくさりがついていたわ。

永田 伸美
奈良県 49歳 美容師

夫へ

つらさから、さみしさに変《かわ》ってきました、
もう七回忌《ななかいき》ですね、あなた。

木村 美津江
奈良県 54歳 パート事務

「お父《とう》さん。」、
たまにはこう呼《よ》ばせて下《くだ》さい。
とってもやさしい「おじいちゃん。」

石原　佐知子
奈良県　36歳　会社員

主人へ

こちら妻《つま》。こちら妻《つま》。
応答願《おうとうねが》います、ダンナ様《さま》。
顔《かお》をあげて、応答願《おうとうねが》います。

吉田 よしこ
奈良県 32歳 主婦

我が子へ

早《はや》く生《う》まれてこい。
お父《とう》さんが高《たか》い高《たか》いをしてやろう。
肩車《かたぐるま》もしてやるぞ。

宇野　文隆
奈良県　30歳　公務員

娘へ

あなたの未来《みらい》へ行《い》ってごらん、
必《かなら》ず言《い》っているよ。
子供《こども》に「勉強《べんきょう》しなさい。」

松山　京子
和歌山県　37歳　主婦

家族でない心の中の家族へ

結婚《けっこん》もせず貴方《あなた》を愛《あい》し続《つづ》けて、
とうとう六十七《ろくじゅうなな》になりました。
でも幸《しあわ》せです。

匿名
和歌山県　67歳

お母《かあ》ちゃん、最近私分《さいきんわたしわ》かってきた。
気《き》が合《あ》わへんのは似《に》てるからやわ。

栗原 一恵
和歌山県 22歳

おじいちゃん　ぼくんちこたつだしたよ。
くるまえに　あしあらってきてね。

東　裕基
和歌山県　5歳　幼稚園

息子へ

テレビの天気予報《てんきよほう》。全《まった》く関心《かんしん》のなかった栃木《とちぎ》の空《そら》。今《いま》では気《き》になります。元気《げんき》か。

廣島　和夫
和歌山県　52歳

母《かあ》さんの糠漬《ぬかづ》けが食《た》べたい。
大《おお》きな糠床《ぬかどこ》は母《かあ》さんみたい。
胡瓜《きゅうり》は私《わたし》なの。

北尾 美津子
鳥取県 48歳

両親へ

ずっと覚悟《かくご》してたのに、
この年《とし》で泣《な》いてます。
二人別《ふたりわか》れても、私《わたし》には家族《かぞく》です。

山本　雅子
岡山県　25歳　専業主婦

出張中《しゅっちょうちゅう》は、
あなたのふとんで寝《ね》ることにしたの。
早《はや》く帰《かえ》ってきてね、あなた。

菅崎 泉
岡山県 24歳 主婦

もうすぐ生まれてくる赤ちゃんへ

お兄《にい》ちゃんだよ。
おなかに息《いき》をふきかけると
ほら、あったかいでしょう。

檀上　昇吾
岡山県　5歳　幼稚園

娘へ

『日本一《にほんいち》短《みじか》い「母《はは》」への手紙《てがみ》』を
買《か》ってくれてありがとう。
でも貴女《あなた》の手紙《てがみ》がほしかった。

森谷　矩子
岡山県　65歳

お義母《かあ》さん　ごめんなさい。
後姿《うしろすがた》にアッカンベーする事《こと》が
時々《ときどき》いや何度《なんど》もあります。

渡辺　光子
岡山県　42歳　国家公務員

みんなへ

みんな帰《かえ》って来《き》んさい言《い》うけど
離《はな》れとるけえ
やさしくできるんかもしれんよ

和泉 理恵
広島県 21歳

母《かあ》さん、
最近何《さいきんなん》でも二人分送《ふたりぶんおく》ってくれるけど、
どうして分《わ》かったの、彼《かれ》がいること。

池永　有紀
山口県　22歳　会社員

息子へ

「お母《かあ》さんの勝《か》ち！」と
小《ちい》さな手《て》が大人《おとな》の諍《いさか》いを遮《さえぎ》った。
忘《わす》れないよ　紅葉《もみじ》の軍配《ぐんばい》。

藤本　靜子
香川県　47歳　自営業

息子へ

抱《だ》いた子《こ》も、負《お》うた子《こ》もかわいい。
心病《こころや》むおまえは、なおさらに。
帰《かえ》る日《ひ》、待《ま》ってます。

匿名
愛媛県　52歳　主婦

主人へ

別《わか》れ話《ばなし》を口《くち》にする私《わたし》。
「まあ、待《ま》て！」と貴方《あなた》。
いつのまにか　23年《ねん》。
別《わか》れないで　良《よ》かった。

武田　珠里
愛媛県　43歳　主婦

弟へ

お願《ねが》いだから、
そんなにうまく薬《くすり》飲《の》まないでよ。
見《み》てるとつらくなるから。

吉原　美奈
福岡県　16歳　高校2年

父へ

会社《かいしゃ》で私《わたし》と同《おな》じぐらいの歳頃《としごろ》の女《おんな》の娘《こ》に嫌《きら》われていませんか？

前田 奈津子
福岡県 21歳

お祖母《ばあ》さん、皆《みんな》、ボケたというが、
あなたが小壷《こつぼ》に生《い》けた一輪《いちりん》の野菊《のぎく》が
忘《わす》れられない。

匿名
福岡県　37歳　会社員

僕《ぼく》が投《な》げ出《だ》したジグソーパズルを
いつもおまえは拾《ひろ》い集《あつ》めてる。すまん。

有馬 和博
福岡県 36歳 会社員

姉《ねえ》ちゃんの考《かんが》え方《かた》には、賛同《さんどう》できません。
でも、生《い》き方《かた》は　応援《おうえん》します。

山口　奈美子
福岡県　27歳

何迷《なにまよ》うとっとねぇ、
親《おや》はそん位《くらい》でひっくり返《かえ》らせん。
心配《しんぱい》せんでよか。ドーンと行《い》け。

力丸 世一
福岡県 47歳 主婦

病気《びょうき》で新聞配達《しんぶんはいたつ》ができない。
「姉《ねえ》ちゃん。」とたのむ前《まえ》に配《くば》っていたね。

本山　裕麻
佐賀県　13歳

息子へ

一人前《いちにんまえ》の男《おとこ》になるまで帰《かえ》らないだと。
バカヤロ。
一人前《いちにんまえ》の書《か》き置《お》き残《のこ》しやがって。

金子　数栄
長崎県　52歳　農業

母《かあ》ちゃん、
わしはあんたの、本当《ほんとう》の息子《むすこ》じゃ。
そやけど、もう忘《わす》れてしもうたんかい。

深田 のりやす
大分県 56歳

おこったり、
めんどうみたり、
だきしめたり。
いそがしいね、
お母《かあ》さんって。

羽田野 茂
大分県 11歳 小学校

お母《かあ》さん、
口数《くちかず》を少《すく》なめにしてくれないと、
お父《とう》さんが恥《はじ》をかくよ

田中　直美
鹿児島　14歳　中学校

あとがき――感謝から深き想いへ

第一回一筆啓上賞「日本一短い『母』への手紙」には、多くの皆様から応募をいただくとともに、作品集に対しても絶大な支持をたまわり、ありがとうございました。

第二回の「日本一短い『家族』への手紙」は、前回の倍近くの六万二三七六通の応募をいただくことができました。第二回ということで何かと心配でしたが、母への感謝から家族への深き想いまで、内容は多岐にわたっており、現代の日本の家族のさまざまな姿が描かれていました。手紙の持つ深淵なものに感動しています。

短いからこそ、本音でしか綴られることのない家族への想いは、なごやかに、楽しく、また時に辛く伝わってきました。一通一通に込められた物語を感じました。家族の危機の時代と言われながらも、底に流れる強い絆を感じることもできました。

今回もすぐれた作品が多く、先生方に検討に検討を重ねていただき、結局、最終選考会で佳作を二〇〇篇にふやすことにいたしました。

郵政省（現　郵便事業株式会社）の皆様には、さまざまな形でご支援いただきました。

丸岡との縁にて援助、後援いただいた住友グループの皆様、国際家族年として後援いただいた日本ユニセフ協会の皆様に心より御礼申し上げます。

この増補改訂版発刊にあたり、丸岡町出身の山本時男さんがオーナーである株式会社中央経済社の皆様には、大きなご支援をいただきました。ありがとうございました。

最後になりましたが、西予市とのコラボが成功し、今回もその一部について関係者の方にご協力いただだいたことに感謝します。

二〇一〇年四月吉日

編集局長　大廻　政成

日本一短い「家族」への手紙　一筆啓上賞〈増補改訂版〉

二〇一〇年五月二〇日　初版第一刷発行
二〇二三年三月三〇日　初版第五刷発行

編集者――公益財団法人丸岡文化財団
発行者――山本時男
発行所――株式会社中央経済社
発売元――株式会社中央経済グループパブリッシング
〒一〇一－〇〇五一
東京都千代田区神田神保町一－三一－二
電話〇三－三二九三－三三七一（編集代表）
〇三－三二九三－三三八一（営業代表）
https://www.chuokeizai.co.jp
印刷・製本――株式会社　大藤社
編集協力――辻新明美

ISBN978-4-502-42920-0　C0095